Baseball au Colisée

Helaine Becker

Illustrations de
Sampar

Texte français de
Claude Cossette

Éditions Scholastic

Catalogage avant publication de Bibliothèque et Archives Canada

Becker, Helaine, 1961-

[Emperor strikes out.   Français]

Baseball au Colisée / Helaine Becker; illustrations de Sampar;
texte français de Claude Cossette.

(Étoiles de Baie-des-coucous; 5)
Traduction de : The emperor strikes out.
ISBN 978-0-545-99732-4

I. Sampar   II. Cossette, Claude   III. Titre.
IV. Titre : Emperor strikes out.   Français.
V. Collection : Becker, Helaine, 1961-   Étoiles de Baie-des-Coucous; 5.

PS8553.E295532E4614 2007   jC813'.6   C2007-904202-3

Édition publiée par les Éditions Scholastic, 604, rue King Ouest,
Toronto (Ontario) M5V 1E1 CANADA.

6 5 4 3 2 1   Imprimé au Canada   07 08 09 10 11

Table des matières

Chapitre 1

« La construction du Colisée de Rome a débuté en 72 apr. J.-C. Le bâtiment qui faisait 48 mètres de hauteur avait un sol en sable. En fait, le mot "arène" veut dire "sable"… »

Monsieur Normand, le professeur de Félix, donne son cours d'une voix monotone devant la classe.

Félix regarde par la fenêtre. Il fait vraiment tout son possible pour être attentif, mais il ne peut s'empêcher de penser à sa pièce de monnaie. La pièce mystérieuse et magique qui semble faire surgir des personnages appartenant à d'autres époques ici même, à Baie-des-Coucous. Celle qui, on ne sait trop comment, s'est retrouvée dans le sac de soccer de l'ennemi numéro un de Félix : Simon Sanscœur de l'école de Baie-Trinité.

Il faut que je récupère cette pièce! se dit Félix, avec exaspération. Qu'est-ce qui va arriver si jamais Simon découvre son pouvoir?

— Monsieur Michaud, gronde le professeur qui ramène brusquement Félix à la réalité. Pouvez-vous nous dire sous quel empereur a été construit le Colisée de Rome?

— Euh… l'empereur Romano? propose Félix.

Toute la classe se tord de rire.

— Très amusant, réplique monsieur Normand avec aigreur. J'espère que vous trouverez la retenue tout aussi amusante.

Félix soupire; pas encore une de ces « journées pénibles »…

Félix en a connu beaucoup de ces « journées pénibles » depuis qu'il a trouvé la pièce de monnaie, sous un banc, à la patinoire de Baie-des-Coucous.

Il a tout d'abord été kidnappé par des pirates qui l'ont gardé captif à bord de leur bateau, un pétrin dont il a réussi à se sortir de justesse. Quelque temps plus tard, des chevaliers du Moyen Âge sont apparus, et Félix a été mêlé au duel à mort qu'ils se livraient! Ensuite, il y a eu les Vikings et les Skraelings, et après, un explorateur affamé appelé Jean Cabot, tout droit sorti du XVe siècle. La vie de

Félix a basculé depuis qu'il a trouvé la pièce de monnaie. Il aimerait s'en débarrasser, mais certainement pas en la donnant à Simon!

— Qu'est-ce qui te tracasse? demande Raphaël, un ami de Félix, plus tard ce jour-là.

Ils sont les deux derniers à quitter l'école. Raphaël a aussi écopé d'une retenue; pendant le cours d'arts plastiques, il a construit une maquette du Colisée en argile et l'a ensuite bombardée avec des lances (des crayons en réalité). Son professeur n'a pas du tout apprécié.

— Ne me dis pas que tu penses encore à la pièce de monnaie?

Félix approuve d'un signe de tête.

— Bon débarras, si tu veux mon avis, dit Raphaël.

Félix traverse, à la suite de son ami, le terrain vague derrière la cour de l'école.

— Ce n'est plus ton problème, alors arrête d'y penser! ajoute Raphaël.

— J'aimerais pouvoir l'oublier! avoue Félix. Mais je me sens responsable. Cette pièce m'appartenait, tu comprends? Et maintenant, si jamais il arrive quelque chose de mal...

— Ça ne sera pas ta faute, insiste Raphaël. Ce sera...

— ... sa faute à lui, grommelle Félix en lançant un regard furibond droit devant.

Plus loin, Simon grimpe le sentier menant au terrain de baseball du parc Ebbert.

La gorge de Raphaël se serre.

— Du calme, dit-il en saisissant le bras de Félix. Surtout ne fais rien!

Félix ignore le conseil.

— Simon! Attends! s'écrie-t-il.

Une expression de surprise passe sur le visage de Simon. Le garçon se met à ricaner et ses acolytes, deux voyous dénommés Sébastien Tremblay et Éric

Giguère, surgissent à ses côtés. Ils croisent les bras en ricanant eux aussi.

— Qu'est-ce que tu veux, manchot? raille Simon.

— Michaud le manchot! s'esclaffe Sébastien. Elle est bonne celle-là.

Félix fait comme s'il n'avait rien entendu.

— C'est à propos de la pièce de monnaie que tu as trouvée dans ton sac de soccer.

Simon roule les yeux.

— Pas encore ça! Tu penses que je vais te la donner juste parce que tu dis qu'elle est à toi? Pas question! Elle a l'air très ancienne. Je gage qu'elle vaut une petite fortune. Je vais demander à mon père de la faire évaluer.

— Mais Simon, objecte Félix, c'est à moi. Et elle est très spéciale…

— Tout à fait d'accord, dit Simon. Elle est super. Regarde comme elle brille.

Il plonge la main dans sa poche et en retire la pièce qu'il brandit au soleil. Elle étincelle comme l'œil d'un chat.

— Je gage que tu aimerais en avoir une comme ça, dit-il pour faire enrager Félix.

Mais Félix n'entend plus rien; les paroles de Simon ne sont plus qu'un grondement à ses oreilles. Il est captivé par la pièce. Il ne peut pas en détacher son regard.

Il *faut* qu'il la récupère!

Félix arrache soudain la pièce de la main de Simon et prend ses jambes à son coup.

— Arrêtez-le! hurle Simon à ses comparses. Il a pris ma pièce!

Chapitre 2

Félix entend les deux garçons qui crient
à tue-tête derrière lui. Il sent des mains
agripper brutalement son t-shirt, puis il se
retrouve face contre terre.

Simon arrive d'un pas tranquille, pas
un cheveu de travers. Il pose son pied
dans le creux des reins de Félix.

— Redonne-la-moi, ordonne-t-il.

Félix se débat pour tenter de se
libérer.

— J'ai dit redonne-moi la pièce, insiste Simon en appuyant plus fort sur la colonne vertébrale de Félix.

Raphaël arrive précipitamment.

— Lâche-le! lance-t-il en poussant Simon pour essayer de délivrer son ami. Nous sommes censés être des Canadiens civilisés, pas une bande de gladiateurs sanguinaires. Alors, qu'est-ce que vous

attendez pour le prouver, espèces de crétins?

— Vous ne pouvez rien contre nous, déclare Simon. On est trois et vous êtes seulement deux.

— Bel esprit sportif! Bravo! On s'attendrait à autre chose du capitaine des Maraudeurs, l'équipe de baseball de Baie-Trinité, fait remarquer Raphaël en secouant la tête. Je suis certain que ton entraîneur serait très content d'apprendre que vous nous avez tabassés comme des lâches.

Sébastien et Éric se regardent d'un air gêné. En effet, avec un tel rapport ils pourraient se faire chasser de leur équipe pour de bon!

Simon lâche prise. Félix roule sur le dos, se relève, avance le menton et reste debout, nez à nez avec son ennemi. Il tient la pièce de monnaie bien serrée dans sa main.

— Je suis prêt à me battre contre toi pour la pièce, Simon, mais de manière juste, déclare Félix. Pas sauvagement comme ça.

— Alors, on se prend tout à coup pour un noble gladiateur? se moque Simon. Parfait. J'accepte. J'aurai donc l'honneur de botter ton ignoble derrière jusqu'à Bonavista.

— Peut-être, réplique Félix, mais si je gagne, la pièce sera à moi.

— Dis-moi simplement où et quand, monsieur le gladiateur! grogne Simon.

Au même moment, un rugissement effroyable retentit. Il semble si près que tout le monde fige.

— Qu'est-ce que c'est? demande Raphaël, en proie à la panique.

— Un orignal? suggère Sébastien.

— On dirait un lion, chuchote Raphaël.

— Il n'y a pas de lion à Terre-Neuve, observe Félix, à moins que…

— Non! Non non non et non! s'écrie Raphaël.

— La pièce magique, murmure Félix.

Un autre rugissement à glacer le sang fend de nouveau l'air.

Qu'est-ce que la pièce de monnaie a provoqué cette fois-ci?

Félix court jusqu'au sommet de la colline; le *Colisée de Rome*, plus grand que nature, se dresse sous ses yeux!

Chapitre 3

Le Colisée dans toute sa splendeur se profile devant eux, si imposant qu'il voile presque entièrement le soleil.

— Ça ne se peut pas, lâche Simon en se frottant les yeux.

— Je t'avais dit que la pièce était spéciale, rappelle Félix avec un petit sourire supérieur.

— Je crois que les rugissements viennent de l'intérieur, fait observer

Raphaël. Monsieur Normand a dit qu'à
l'époque, on donnait souvent des esclaves
et des criminels à manger aux lions pour
divertir l'empereur romain!

— Beurk! dégueulasse! s'exclame
Sébastien en plissant le nez.

— Heureusement qu'il n'y a pas
d'esclaves ici à Terre-Neuve, déclare Félix.

— *Courez, vite les gars! Courez!*

Les garçons se retournent et aperçoivent Laurie Crochet ainsi que deux coéquipiers des Étoiles de Baie-des-Coucous, Nathan Villeneuve et Audrey Bourgeois. Ils sont traînés de force vers le haut de la colline par un homme costaud vêtu d'un pourpoint en cuir!

Avant qu'il ait le temps de réagir, Félix a les mains enserrées dans des anneaux en métal froids.

— C'est une bonne chose qu'on ait trouvé ceux-là aussi vite, mugit un des marchands d'esclaves romains. Ils vont être prêts juste à temps.

— Qu'est-ce qui se passe? Juste à temps pour quoi? gémit Simon qui se fait aussi enchaîner les poignets. Je vais appeler mon père!

— Ah ouais? Tu vas t'y prendre comment exactement? dit Laurie en montrant ses chaînes.

Elle se tourne ensuite vers Félix :

— Ces abrutis nous ont pincés juste après l'école. Ensuite, ils vous ont vus arriver. On a essayé de vous avertir, mais le gros lard, là-bas, n'arrêtait pas de nous remplir la bouche de feuilles, dit-elle en lançant un regard furibond à son ravisseur.

— Assez de bavardage, ordonne Salivacus avec un sourire carnassier. On ne veut surtout pas faire attendre l'empereur!

Les marchands d'esclaves romains poussent les prisonniers en direction du Colisée. Un autre rugissement fend l'air. Il est vite couvert par un deuxième grondement : les clameurs d'une foule excitée.

— On dirait qu'un autre esclave vient d'être transformé en bouffe pour chats, glousse Salivacus.

— Mmm, réplique Bavicus en se léchant les babines. C'est ce que je préfère. Il y a beaucoup de sang, *d'habitude*.

Les jeunes crient et donnent des coups de pieds tandis qu'on les entraîne dans les entrailles du bâtiment. À l'intérieur, tout est sombre et humide. Une odeur de litière flotte dans l'air. Ils entendent aussi les gémissements des autres prisonniers.

Salivacus ouvre la porte d'une cellule
avec une clef en fer et pousse les captifs
à l'intérieur.

— Profitez bien de votre dernière
heure. On a des gladiateurs barbares de la
province de Lanso, un nouveau territoire

qui vient tout juste d'être annexé. Ce sont
les suivants et ils sont très féroces. Si on
ne vous donne pas aux lions en premier,
j'imagine que ces brutes ne tarderont pas
à vous réduire tous en bouillie, grogne-t-il.

Laurie lance un appel :

— Il y a quelqu'un d'autre ici?

— Personne à part nous, les esclaves, Mam'zelle, dit une voix qui provient de la cellule voisine. Mais ne vous en faites pas pour nous. On est les suivants. Vous comprenez, comme l'empereur Zéro est ici aujourd'hui, il n'y a pas de pause. On devrait servir de souper avant le coucher du soleil. Vous auriez intérêt à dire vos prières, vous aussi.

Salivacus et Bavicus se mettent à rire à gorge déployée.

— Vous pouvez prier autant que vous le voulez! Ne vous occupez pas de nous, dit Salivacus.

Il s'appuie contre le mur de pierre humide et lance nonchalamment une pièce en l'air, tout en continuant à rire dans sa barbe.

Dans la pénombre, Félix regarde

fixement Salivacus.
Quelque chose lui
semble étrangement
familier : c'est la
façon dont la pièce
a étincelé dans le
rayon de lumière
qui filtre par la
fenêtre étroite, juste
au-dessus de lui. S'il
ne savait pas que sa
pièce est bien en
sécurité au fond de
sa poche, il jurerait
que c'est la sienne!

Simon a aussi remarqué la pièce de
Salivacus. Il s'approche du marchand avec
un bruit de chaînes.

— Qu'est-ce que vous avez là? lui
demande-t-il.

— Tu parles de ça? fait Salivacus en brandissant la pièce.

Simon approuve d'un signe de tête; il a la gorge serrée.

— C'est juste une *uncia*. J'en ai des sacs pleins, dit-il en tapotant la sacoche en cuir qui pend à sa ceinture. C'est ma paie pour trouver de la bouffe à félins, comme toi.

— Montrez-moi ça, dit Simon en arrachant la pièce de la main de Salivacus. Elle ressemble exactement à celle que j'ai trouvée!

Salivacus rugit de fureur et tente de saisir la pièce. Avant qu'il puisse la récupérer, un étrange murmure envahit la cellule.

Félix a les yeux braqués sur la pièce qui se trouve entre les doigts de Simon. On dirait qu'elle émet une lumière chatoyante. Soudain, la pièce de monnaie qui se trouve dans la poche de Félix commence à vibrer. Elle tremble comme si elle était possédée. Il tente de l'immobiliser de ses mains enchaînées, mais on dirait que la pièce est devenue vivante. Une force étrange la fait bouger toute seule. Elle réussit à sortir pour se loger dans la main de Félix. Tout le monde se fige en écarquillant les yeux.

Soudain, un vent tourbillonnant balaie

la cellule. La pièce que tient Simon s'envole brusquement pour aller se poser à côté de celle qui se trouve dans la main de Félix.

Les pièces brillent et dansent sur la paume de Félix, puis elles se transforment en une seule grosse pièce. Elles ont fusionné!

— Sale petit voleur! rugit Salivacus en plongeant ses bras entre les barreaux pour saisir Simon à la gorge. Pour te punir, tu seras le prochain à être livré aux barbares!

Chapitre 4

— Mais, mais, mais… je n'ai pas fait
exprès! bafouille Simon. Juré! Je voulais
juste v-v-voir votre pièce, je le jure!

— Tu peux jurer tout ce que tu veux,
par Jupiter! Ça ne servira à rien.
L'empereur veut voir un bon vieux
massacre barbare aujourd'hui, avec
beaucoup de sang et de tripes. Alors, finis
les tours de magie. Tu peux dire adieu à
tes copains. Mais ne t'en fais pas, vous

vous retrouverez bientôt de l'autre côté
du fleuve Styx, hé! hé! hé!

— De quoi parle-t-il ? chuchote
Raphaël à Laurie.

— Je pense qu'il parle de l'enfer,
réplique-t-elle.

— C'est ce que je craignais, gémit
Raphaël.

Félix est catastrophé. C'est *sa* faute si
Simon est sur le point de se faire trancher
comme du salami par des bouchers

barbares. Il est vrai que Sanscœur n'est pas la personne qu'il aime le plus au monde. Mais malgré cela, il ne mérite pas de finir en barbecue à la sauce barbare.

Fais quelque chose, fais quelque chose, se répète Félix. *Mais quoi?*

— Si la mort et la mutilation sont vos seuls divertissements, vous manquez carrément d'imagination, mes pauvres, lâche Félix. La brutalité, c'est tellement, mais tellement dépassé! C'est quasiment de l'histoire ancienne.

Nathan essaie de plaquer sa main sur la bouche de Félix, mais ses chaînes l'en empêchent. Félix continue :

— Je gage que l'empereur préférerait voir quelque chose de différent.

— Ah ouais? dit Salivacus. Pourquoi te crois-tu si intelligent?

— Je viens du Canada, répond Félix,

un endroit où les gens savent vraiment s'amuser. Un peu de violon, quelques pas de danse… un peu de… baseball! Ça c'est amusant, n'est-ce pas les copains?

— Tu parles! approuve Raphaël en levant le pouce.

— Absolument, renchérit Nathan.

— C'est pas ton avis, Simon? demande Laurie en lui assénant un coup de pied dans le tibia.

Simon, qui a toujours les yeux rivés sur

la pièce de monnaie, bafouille :

— Euh… oui! Tout le monde adore le baseball!

Salivacus gratte sa barbiche poivre et sel.

— Je me demande, dit-il, si l'empereur ne paierait pas une *uncia* ou deux de plus pour une nouveauté…

Félix saisit sa chance. Il se met à scander : « Baseball, baseball, baseball! »

Les Étoiles de Baie-des-Coucous entonnent en chœur : « Baseball, baseball, baseball! »

Ensuite, c'est au tour des esclaves de reprendre le refrain : « Baseball, baseball, baseball! »

Salivacus hoche la tête.

— C'est bon. Nous allons essayer. Si l'empereur Zéro est satisfait, vous serez tous libérés.

— Et si Zéro n'aime pas le jeu?
demande nerveusement Bavicus.

— Pas de problème, nous vous donnons
aux barbares! s'exclame Salivacus. Vous
avez cinq *minutae* pour vous préparer.
Que les dieux soient avec vous!

Chapitre 5

— Rassemblement! lance Félix aux esclaves. Je vous explique les règles du jeu : le lanceur lance la balle...

— Il a une lance? demande l'esclave nommé Yehuda.

— Non, le lanceur lance une balle. Et le receveur...

— ... reçoit la balle, complète Yehuda.

— Non, on dit qu'il attrape la balle, réplique Félix.

— Je ne comprends pas, proteste Yehuda. Le lanceur lance la balle et le receveur attrape la balle, donc c'est l'attrapeur!

— Non, le lanceur lance et le receveur attrape. C'est comme ça au baseball, s'impatiente Félix. Peux-tu me laisser finir? On a seulement cinq minutes avant que M. Salive revienne nous chercher, et tu ne sais même pas…

— Bon, bon, ronchonne Yehuda, vexé. Monte pas sur tes grands chevaux. Tu n'es pas mieux que nous, hein? Toi aussi, tu vas finir en barbecue à la sauce barbare.

— Ça n'arrivera à personne ici! soutient Laurie. Mais il va falloir bien faire les choses! Alors écoutez!

— OK, alors le lanceur lance la balle. La balle doit se rendre jusqu'au marbre. Le frappeur a trois chances de frapper la balle…

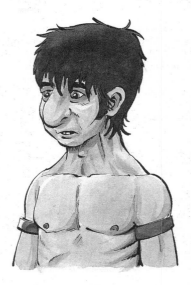

Félix n'a pas le temps de terminer,
Salivacus et Bavicus sont déjà de retour.
Les prisonniers sont jetés dans l'arène
sous les hurlements et les huées de
milliers et de milliers de Romains.

Bavicus leur libère les mains. Salivacus
donne un coup de coude à Félix pour lui
dire d'expliquer les règles du baseball à la
foule.

Pendant ce temps, Nathan court

jusqu'au terrain. Avec son talon, il trace
les lignes tandis que Raphaël plie
quelques toges pour faire les quatre buts.
Laurie remplit d'eau une vessie de
mouton; ce sera la balle. De son côté,
Audrey emprunte à Bavicus quelques

sacoches rembourrées, en cuir, qui serviront de gants. Ils décident d'utiliser une des massues de Bavicus comme bâton.

Bavicus divise ensuite les prisonniers en deux équipes égales.

Simon et Sébastien sont dans la même équipe que Félix et Laurie. Simon lance un regard meurtrier à Félix.

— Ça ne me fait pas plaisir non plus de me retrouver dans la même équipe que toi, reconnaît Félix. Mais il va falloir ravaler son orgueil et travailler ensemble. Penses-tu que les Maraudeurs sont capables de faire ça?

Simon hoche la tête, à contrecœur.

— Ouais, je ne veux pas avoir à affronter les barbares, moi, avoue Sébastien.

— Alors jouons de notre mieux! Allez les Étoiles, allez! Allez les Maraudeurs allez! Faisons équipe! scande Félix.

Laurie tend le bras devant elle. Simon passe le sien par-dessus et pose sa main sur celle de Laurie. Puis, le reste de l'équipe se rassemble autour d'eux et les

mains s'empilent les unes sur les autres.

— Faisons équipe! Hip, hip, hip! hourra! scandent-ils tous.

La foule hue. Qu'est-ce qu'il y a de nouveau? Rien de tout cela n'est excitant.

— Qu'on ammène les barbares! hurle

quelqu'un dans les gradins.

Une figue pourrie heurte Félix en plein sur l'oreille.

— Il faut commencer la partie tout de suite, lance Félix.

Il crie aux esclaves romains de répartir leur équipe sur le terrain.

— Yehuda, Naftali, prenez vos buts!

À la surprise de Félix, Yehuda lui rapporte la toge que Raphaël avait pliée en guise de premier but.

— Qu'est-ce que tu fais, Yehuda? beugle Félix, exaspéré.

— Tu as dit « Prenez vos buts! » rétorque Yehuda. Et c'est ce que j'ai fait.

— Je ne voulais pas dire « ramasser les buts ». Je voulais dire que vous deviez

prendre vos places sur le terrain! Il faut
que tu remettes les coussins. Bon, alors
qui tire en premier?

— Je ne suis pas ici pour tirer, fait
Yehuda.

— Quoi? demande Félix, perplexe.

— Pas question que je tire un char, je
veux jouer comme les autres, dit Yehuda.

— Aaargh!!!!

Félix est sur le point de s'arracher les
cheveux. La foule hue
encore plus fort et
l'empereur a l'air de
s'ennuyer à mourir. Il
tient un luth dans une
main et commence à
frotter son sceptre
distraitement sur les cordes.

— Ce n'est pas bon signe, dit Raphaël
à Félix en montrant du doigt l'empereur

qui bâille. D'une minute à l'autre, il va pointer le pouce vers le bas.

— Vite, commençons! Yehuda, rends-toi au monticule du lanceur et lance la balle! Tu peux faire ça?

— Certainement, mais qui sera au premier but?

— Tu choisis, réplique Félix, qui se dirige au pas de course vers l'abri des joueurs en secouant la tête.

Simon est le premier au bâton. Yehuda lui fait un lancer très facile. Simon frappe la balle avec aplomb. Elle explose en l'aspergeant d'eau et d'une matière visqueuse ayant jadis appartenu au mouton.

L'empereur éclate de rire. La foule aussi.

— Bien joué! s'écrie Audrey au premier but. Essaie ça plutôt!

Elle lui lance une balle de corde
emmêlée qu'elle a trouvée à ses pieds.
Sûrement un des jouets des lions...

Yehuda lance encore. Cette fois, quand
Simon la frappe, la balle s'envole au fond
des gradins!

La foule pousse un rugissement

d'appréciation. L'empereur hoche la tête
et sourit tandis que Simon fait le tour des
quatre buts au petit trot.

Félix est le suivant. La balle lancée par
Yehuda arrive tellement vite qu'il n'a le
temps de rien voir. Première prise!

Le deuxième lancer est une balle
courbe, basse et éloignée. Félix frappe et
la rate! Deuxième prise!

— Vas-y, Félix, t'es capable! crie
Audrey.

Yehuda prend son élan et effectue un
troisième lancer. La balle semble
suspendue, juste au-dessus du marbre.
Félix ferme les yeux et frappe de toutes
ses forces. Bingo! La balle s'envole loin…
très loin… et BANG!

L'empereur Zéro la reçoit en plein
entre les deux yeux!

Chapitre
6

Un silence terrible s'abat sur le Colisée.
Zéro chancelle et tombe de son siège,
rebondit deux fois, se met à rouler et
s'arrête à côté du vendeur de pignons de
pin. Son précieux luth lui glisse des
mains. L'instrument rebondit lui aussi
deux fois pour atterrir aux pieds de Félix.
Le sceptre tombe avec fracas sur les
cordes du luth.

Pendant un moment, rien ne se passe.

Puis, l'empereur grogne. Il se frotte le
front, se met debout et lance un regard
noir à Félix.

Tout le monde dans le Colisée retient
son souffle. L'empereur Zéro lève la main
d'un geste lent. Il est sur le point de
baisser le pouce quand Félix a une
inspiration subite.

Il ramasse le luth, le place sous son
menton et se met à jouer du violon en
utilisant le sceptre comme archet. Au
début, le son est affreux, on dirait les

miaulements d'un chat malade. Mais au bout de quelques instants, Félix réussit à en sortir quelques notes familières. Les jeunes de Baie-des-Coucous ne tardent pas à s'apercevoir que Félix joue un air très célèbre, aimé de tous les Terre-Neuviens.

— Allez, il faut aider Félix! lance Raphaël pour encourager les autres.

Tandis que Félix joue sa dernière carte, Raphaël se lance dans une gigue traditionnelle. Puis, la jolie voix de soprano d'Audrey se fait entendre, forte et claire :

C'est moi le garçon qui construis le bateau
Et c'est moi qui le mène
C'est moi le garçon qui attrape les poissons
Et qui les apporte à Lizer.

Les autres jeunes, y compris les Maraudeurs, entonnent le refrain.

Attrape ton partenaire, Sally Tibbo
Attrape ton partenaire, Sally Brown
Fogo, Twillingate, Moreton's Harbour
Tout autour du cercle!

Les épaules de Zéro commencent à trésauter; l'empereur fou se met à rire!

Il brandit son pouce vers… le haut! Ils sont sauvés!

— Youpi! clament-ils.

Félix fait une courbette à Zéro et lui remet le violon-luth. L'empereur incline très légèrement la tête en signe de reconnaissance.

— Quant à vous, les autres esclaves, votre heure a sonné! Fais entrer les barbares, Bavicus! mugit Salivacus.

Yehuda tombe à genoux aux pieds de Félix. Il s'agrippe à son t-shirt.

— Ne les laisse pas nous tuer! implore Yehuda. Aide-nous! S'il te plaît!

— Trouve quelque chose, Félix! le
supplie Audrey. On ne peut pas les laisser
se faire démembrer sous nos yeux!

— Mais qu'est-ce qu'on peut faire?
s'écrie Félix. Je suis à court d'idées!

Un roulement de tambour lugubre leur
parvient. Boum... boum... boum...

Félix entend l'horrible grincement de
portes qui s'ouvrent.

Boum... boum... boum...

Les barbares sont là!

Chapitre 7

Estomaqué, Félix écarquille les yeux. Les barbares ne sont nuls autres que ses amis vikings, sans oublier Leif Eriksson!

— Harengs fumants et sauce aux airelles! lance Félix dans un sifflement. Mais regardez qui est là! Quand Salivacus a parlé de « la province de Lanso », il voulait probablement dire L'Anse aux Meadows! Hé! Leif! Thorvald! Content de vous voir!

Le visage de Leif s'illumine.

— Félix? C'est toi? Et Laurie... ? Et
Nathan... ? Et ceux-là, ce sont les
tricheurs de l'équipe des Maraudeurs,
non?

— Ouais, mais écoute, la situation ici
est très compliquée, dit Félix en
entraînant Leif à l'écart.

— *Ja, ja,* fait Leif en hochant la tête et

en se grattant la barbe tandis que Félix lui explique ce qui est arrivé.

— Non, bien entendu nous ne pouvons pas tuer ces pauvres esclaves, approuve Leif. Nous ignorions qu'il ne s'agissait pas d'un événement canadien. Nous ne savions pas non plus que ces gens nous appelaient « les barbares ». Ce n'est pas très gentil de leur part.

La foule se met à scander :

— Massacrez-les! Massacrez-les!

Leif jette un regard froid sur les spectateurs.

— Et ils *nous* traitent de barbares? Écoutez-les! Nous, les Vikings, nous ne nous comportons jamais comme des animaux. Et sentez-moi l'air ici. *Pff!* Est-ce qu'il arrive à ces crottés de prendre un bain?

Leif s'approche à grandes enjambées

de l'empereur Zéro. Avant
que les gardes
impériaux aient le
temps de réagir, il
l'attrape par le col
de sa toge.

— Dans ce pays, nous n'apprécions
pas les carnages, *ja*? dit Leif. C'est un
endroit civilisé, comme Rome est censée
l'être. Pas de pillage! Pas de saccage! Pas
de massacre non plus! Et que faites-vous
ici, vieux fou? continue Leif. Vous ne
savez donc pas que Rome brûle? Enfin,
c'est ce que j'ai entendu à Radio-Canada.
Rentrez donc chez vous et allez sauver
votre ville, *ja*?

Les yeux de Zéro s'illuminent. Il a l'air
plus fou que jamais.

— J'adore le feu! déclare-t-il, réjoui.

— Euh, excusez-moi, monsieur le

Barbare, intervient Yehuda en tirant sur la tunique de Leif. Mais, on ne veut pas retourner à Rome. Vous savez ce qu'ils font aux esclaves comme nous là-bas? Et nos nouveaux copains, ces tyrans-là, ne veulent pas y aller non plus.

— C'est vrai, admet Salivacus. Je n'ai jamais voulu être marchand d'esclaves. J'ai toujours voulu être acteur. Mais la traite des esclaves était une entreprise familiale. Nous ne pouvions pas désobéir à notre cher vieux papa.

— J'ai trouvé! s'exclame soudain Félix. Leif, pourquoi ne les ramènes-tu pas à Norstead avec toi?

— Norstead? Qu'est-ce que c'est? demande Salivacus.

— C'est un merveilleux village le long de la côte, commence Félix.

—*Ja*, avec plein de filles propres et

bien astiquées, et beaucoup beaucoup de travail pour des hommes forts et des acteurs. Qui veut venir?

— Moi, je veux bien, dit Yehuda.

— Moi aussi, dit Naftali.

— Et nous aussi! répète le reste des esclaves.

— Excellente idée, concède Simon,

mais comment nous débarrasser du Colisée?

— Bonne question, se doit d'admettre Félix. On ne sait vraiment pas comment cette chose fonctionne, dit-il en tâtant la pièce de monnaie.

— Pourtant, on a réussi à renvoyer l'explorateur Jean Cabot dans son époque en lançant la pièce dans l'océan, fait remarquer Nathan. On pourrait peut-être essayer de la lancer une autre fois.

— Bonne idée. Ça vaut la peine d'essayer, décide Félix en plongeant la main dans sa poche pour en tirer la pièce qu'il lève à bout de bras. On n'a plus rien à perdre, ajoute-t-il entre ses dents.

Il jette la pièce en l'air de toutes ses forces. Elle monte en tournant sur elle-même; on dirait une planète dorée qui scintille.

La pièce rebondit
sur le sol, aux pieds de
Félix, avec un bruit
sourd.

Rien ne se passe.

Zéro se racle la
gorge et se dresse sur ses pieds.

— Bon, partons! déclame-t-il en levant
une main couverte de bijoux.

Soudain, l'air semble miroiter. On dirait
même que la pièce est suspendue au-
dessus du sol. Puis, un formidable
grondement fait frémir le stade tout
entier.

Un instant plus tard, Félix et ses amis,
les Maraudeurs de Baie-Trinité, les
Vikings, les esclaves et les marchands
d'esclaves romains se retrouvent au
milieu d'un champ désert balayé par le
vent.

Chapitre 8

— Ouf, c'était vraiment bizarre, dit Félix, rompant le silence.

Il ramasse la pièce de monnaie et la glisse dans sa poche. Est-ce la pièce qui a fait disparaître le Colisée ou les paroles de Zéro? Félix n'en a pas la moindre idée. Mais plus elle lui fait vivre des aventures, moins il a l'impression de comprendre son mystérieux fonctionnement.

Leif prend instantanément le

commandement des esclaves romains et de leurs marchands.

— Finissez de détacher tout le monde. Les mains enchaînées, c'est terminé, *ja*? Allons-y maintenant! Ingmar attend avec le bateau dans la Baie-des-Coucous.

Le luth et le sceptre de Zéro reposent sur le sol. Yehuda se penche pour les ramasser.

— On dirait que Zéro a oublié quelque chose, dit-il. Tu sais, Félix, j'ai aimé la

chansonnette que tu as jouée. Toutefois, j'ai un autre air qui me trotte dans la tête. J'aimerais essayer de le jouer.

Yehuda porte le luth à son menton, tout comme Félix l'avait fait. Il glisse le sceptre sur les cordes, fredonne quelques notes, puis commence à jouer. L'air ressemble beaucoup à celui de « Ô Canada ».

— Ça va devenir très populaire par ici, prédit Félix en lui donnant une tape dans le dos. Prends le violon avec toi, Yehuda.

— D'accord, merci.

— Quand vous irez à Norstead, ne manquez pas de venir nous voir! lance Leif aux Étoiles. *Vous* aussi, ajoute-t-il en faisant un signe de tête aux Maraudeurs, vous serez les bienvenus. Bon maintenant, allons-y! Gauche! Droite! Gauche! Droite!

Tous crient « Au revoir! Au revoir! »

aux Vikings et aux Romains qui
disparaissent dans le crépuscule.

— Je pense qu'on devrait aussi rentrer,
dit Nathan.

Simon traîne les pieds.

— Euh, est-ce que je peux te parler
une seconde, Félix?

— Bien sûr.

— Tu as pensé drôlement vite, là-bas…
vraiment. Peut-être, qu'après tout, tu n'es
pas… euh… si stupide que ça.

Félix sent ses joues lui brûler.

— Bah, ce n'est rien, dit-il, étonné. Mais
merci quand même.

Pendant une fraction de seconde, on
jurerait que les deux garçons vont se
serrer la main voire même se donner
l'accolade. Mais Raphaël se met à tousser
en faisant semblant de s'étouffer. Félix et
Simon se détournent, embarrassés.

Il fait presque noir, l'air est calme et frais. Nathan et Félix marchent côte à côte dans la nuit grandissante.

— Qu'est-ce que tu vas faire avec la pièce de monnaie, Félix? s'informe Raphaël.

— J'sais pas. La mettre dans un tiroir et ne plus jamais y toucher, réplique Félix.

Un rugissement sinistre retentit tout à coup dans les collines. Ils se figent.

— As-tu entendu ce que j'ai entendu? demande Raphaël.

— On aurait dit un lion, fait remarquer Félix. Penses-tu qu'ils auraient pu en oublier un, par erreur?

Raphaël a un petit rire nerveux.

— J'espère bien que non. Mais si jamais c'est le cas, il y a des orignaux qui pourraient bien avoir la surprise de leur vie cette nuit!